KB198485

시로 채우는
내 마음
필사노트

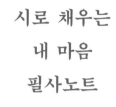

시로 채우는
내 마음
필사노트

황인찬 외 지음

마음을 표현하고 싶지만

한 단어도 쓰기 힘든

당신을 위한 문장들

창비

따라 쓰다보면 채워지는 감수성과 문장력
그리고 사랑과 치유의 글을 스스로 써내기 위하여

"텍스트의 시대는 갔다."

쉽게 들을 수 있는 이야기이지만 곰곰 따져보면 의아하기도 합니다. 신문 기사, 소설, 에세이, 심지어 영상의 자막까지. 매일 이렇게나 많은 글자가 쏟아지는데 텍스트의 시대가 갔다니요. 그러나 생산되는 것에 비해 수용되는 텍스트가 훨씬 적은 것은 부정할 수 없는 사실입니다. 아주 예전에는 읽을 것이 귀해 책 한권을 닳고 닳도록 읽는 일이 흔했다고 합니다. 요즘으로선 상상하기 힘들지요. 어쩌면 텍스트의 위기란, 우리가 너무 많은 글자에 둘러싸여 있기 때문에 발생하는 것인지도 모르겠습니다.

사람들은 읽는 즐거움에 이어 쓰는 방법도 잊어가는 듯합니다. 물론 우리는 역사상 가장 많은 문자 메시지를 주고받는 시대에 살고 있지만, 정작 중요한 이야기는 글로 잘 표현하기 힘들 때가 많습니다. 특히 마음을 표현할 때가 그렇습니다. 고마워, 미안해, 사랑해 같은 즉각적인 감정이야 한두 마디로도 표현이 되지만 그보다 복잡한 마음은 여간 어렵지가 않죠. 어느새 구구절절 길어져 원래 말하려던 본뜻을 파악할 수 없어지기도 하고요. 결국 좋은 문장을 정확하게 쓰는 것이 중요합니다. 그리고 그 문장이 간결하고 산뜻하다면 더 좋겠지요. 문제는 어떻게 하면 그런 문장을 쓸 수 있을까 하는 것입니다.

그런 고민을 하다가 문득 시를 따라 써보면 어떨까 생각해보았습니다. 시는 함축과 은유를 바탕으로 한 간결한 표현이 특징이고, 리듬감을 고려하여 쓰였으므로 더없이 알맞은 텍스트라는 생각이 들었기 때문입니다. 그리고 학교를 졸업한 이후 아주 오랫동안 시를 잊고 지냈다는 생각도 들었고요. 시는 따라 써보니 새로 얻을 수 있는 것들이 정말 많았습니다. 한 자 한 자 쓸 때마다 감수성도 깨어나고 문장력도 높아졌습니다. 우선, 낯선 단어가 눈에 들어오기 시작했습니다. 그 단어가 아니라면 표현할 길이 없는 수많은 마음과 상황에 대해 알게 되었습니다. 그런 단어들을 차곡차곡 메모해

두었습니다. 단어가 쌓이자 문장이 보였습니다. 평범한 장면을 남다르게 포착한 시인들의 면모에 감탄해가며 시들을 옮겨 적었습니다. 문장이 모이니 나만의 표현이 생겨나기도 했습니다. 그러한 표현은 직장에서 쓰이기도 했고, 누군가를 위로할 때 쓰이기도 했고 가끔은 적재적소의 유머로 탈바꿈되기도 했습니다. 오랜만에 연락 온 친구의 메시지를 붙들고 어떤 말을 해야 하나 씨름하는 시간도 줄어들었죠. 시를 필사한다는 것이 이렇게 내 삶을 풍성하게 해줄 수 있다니! 이 책은 이러한 기쁨을 나누기 위해 기획되었습니다.

『시로 채우는 내 마음 필사노트』는 10부로 나뉘어 있습니다. 각각 그리움, 사랑, 휴식, 자연 등의 키워드로 분류해두었는데 우리에게 가장 소중한 순간에 맞춤한 시들을 모아두었습니다. 본인이 더 필요한 부분부터 따라 써보아도 좋고, 첫 장부터 차곡차곡 따라 써보아도 좋습니다. 아니면 생각나는 대로 펼쳐서 따라 써도 좋습니다. 언제 어디서 무엇을 얻을지 모른다는 것도 시를 따라 쓰는 것의 매력이니까요.

또한 이 필사노트는, 창비시선 500번 출간을 맞아 시인들이 엄선한 시들로 구성되었습니다. 전문을 수록한 시도 있고 일부만 발췌한 시도 있어요. 지난 50년간 한국시의 중추를 이뤄온 창비시선의 여러 시인들이 뽑은 구절이니 믿고 감상하면서 따라 써봐도 좋겠습니다. 뒷부분에는 시에 이어 자신의 글을 써보는 새로운 형식의 노트가 부록으로 덧붙어 있습니다. 필사를 하기 전과 하고 난 후의 자신의 문장을 비교해보는 것도 좋은 방법이 되겠습니다. 그러면 여러분, 따라 써보세요. 하루의 짧은 시간이 여러분의 일상을 더욱 풍성하게 만들어주리라 확신합니다.

창비시선 편집부

차례

필사노트를 펼치며   4

1부   그리움과 애틋함을 표현하기

6부 하루를 마무리하기

7부 희망의 문장 써보기

10부 일상 속의 작은 발견

1부

그리움과 애틋함을 표현하기

그리움은 살아온 시간만큼 생겨난다.

그러나 우리는 그리움을 표현하는 법은 잘 알지 못한다.

그리운 이에게 연락 한번 하려다가 결국 어떤 말을 꺼내야 할지

몰라 메시지창을 꺼버렸던 수많은 순간이 누구에게나 있다.

그래서 그리움은 자꾸 쌓이기만 한다.

보고 싶은 마음을 우리는 어떻게 느끼고, 어떻게 표현할 수 있을까.

001

생각한다는 것은 빈 의자에 앉는 일
꽃잎들이 떠난 빈 꽃자리에 앉는 일

그립다는 것은 빈 의자에 앉는 일
붉은 꽃잎처럼 앉았다 차마 비워두는 일

『맨발』(창비시선 238), 2004.

002

내가
창가에 앉아 있는 날씨의 하얀 털을
한 손으로만 쓰다듬는 사람인가요?
그렇지 않습니다

다섯개의 손톱을 똑같은 모양으로 자르고
다시
다섯개의 손톱을 똑같은 모양으로 자르고

왼손과 오른손을 똑같이 사랑합니다

『햇볕 쬐기』(창비시선 470), 2022.

003

　나의 가슴이 요정도로만 떨려서는 아무것도 흔들 수 없지만 저렇게 멀리 있는, 저녁빛 받는 연(蓮)잎이라든가 어둠에 박혀오는 별이라든가 하는 건 떨게 할 수 있으니 내려가는 물소리를 붙잡고서 같이 집이나 한채 짓자고 앉아 있는 밤입니다 떨림 속에 집이 한채 앉으면 시라고 해야 할지 사원이라 해야 할지 꽃이라 해야 할지 아님 당신이라 해야 할지 여전히 앉아 있을 뿐입니다

　나의 가슴이 이렇게 떨리지만 떨게 할 수 있는 것은 멀고 멀군요 이 떨림이 멈추기 전에 그 속에 집을 한채 앉히는 일이 내 평생의 일인 줄 누가 알까요

『밤에 서쪽을 빛내다』(창비시선 317), 2010.

004

네가 너는 아직도 어렵다는 얘기를 꺼냈을 때

나는 우리가 한번이라도 어렵지 않은 적이 있냐고 되물었다

사랑이 힘이 되지 않던 시절

길고 어두운 복도

우리를 찢고 나온 슬픈 광대들이

난간에서 떨어지고, 떨어져 살점으로 흩어지는 동안

그러나 너는 이상하게

내가 손을 넣고 살며시 기댄 사람이었다

『비버리힐스의 포르노 배우와 유령들』(창비시선 358), 2013.

005

사과는 기억하고 있을까?
제 몸을 통과해간 태양과 바람의 행방
씨앗을 쓰다듬던 밤의 손길

왜 괜한 사과 얘기는 하고 그래?

고양이 하나를 맡겼을 뿐인데
우리의 여행은
되돌아가기 위한 여행이 되었다
우리는 떠나온 적도 없고 서로를 버린 적도 없다고 말해야 했다

『너의 슬픔이 끼어들 때』(창비시선 393), 2015.

006

「돌이킬 수 없는」 부분   이장욱

겨울이 가고 가을이 오면

당신이 거기 없겠구나.

어디선가 말 없는 소녀가 자라고 있겠구나.

모든 것을 이해할 것 같은 아침이 지나간 뒤에

아무것도 알 수 없는 밤이 오네.

혼자 앉아 있는 노인의

생후 첫 웃음같이.

『생년월일』(창비시선 334), 2011.

007

「코스모스」전문 | 김사인

누구도 핍박해본 적 없는 자의
빈 호주머니여

언제나 우리는 고향에 돌아가
그간의 일들을
울며 아버님께 여쭐 것인가

『가만히 좋아하는』(창비시선 262), 2006.

008

당신은 무얼 먹고 지내는지
궁금합니다
이 싱거운 궁금증이 오래 가슴 가장자리를 맴돌았어요

충무로 진양상가 뒤편
국수를 잘하는 집이 한군데 있었는데
우리는 약속도 없이 자주 왁자한 문 앞에 줄을 서곤 했는데
그곳 작다란 입간판을 떠올리자니 더운 침이 도네요 아직
거기 그 자리에 있는지 모르겠어요
맛은 그대로인지

모르겠어요
실은 우리가 국수를 좋아하기는 했는지

『한 사람의 닫힌 문』(창비시선 429), 2019.

009

그날 꿈에는

내가 두고 온 죽은 사랑이

우리 집 앞에 찾아왔다

죽은 사랑은

집 앞을 서성이다 떠나갔다

사랑해, 그런 말을 들으면 책임을 내게 미루는 것 같고

사랑하라, 그런 말은 그저 무책임한데

『사랑을 위한 되풀이』(창비시선 437), 2019.

010

내게 찾아온 것들이 가끔은 믿기지 않을 때가 있지.

내 방 책상 위를 올라가기를 즐기는 고양이가 우리 집 앞을 서성
거렸던 오후와
서랍의 엽서를 꺼내면 이국의 바다에서 나에게 미소를 짓던 사람
의 파란 눈동자를 떠올릴 수 있는 여름같이

그렇게 어떤 하루는
믿을 수 없는 마음으로 누군가 내게 남긴 선물 같지.

『너와 바꿔 부를 수 있는 것』(창비시선 496), 2024.

2부

사랑에 빠진 당신에게

사랑하는 마음은 문장이 되기 어렵다.

그것이 무척 복잡하기 때문이다.

그래서 표현하기도 힘들다.

이 모순적인 마음은 따뜻함과 올 때도 있고 그리움과 올 때도 있고,

가끔은 미움과 함께 올 때도 있다. 우리는 이 복잡한 마음을

어떻게 표현할 수 있을까. 다양한 사랑의 모양을 그려보자.

011

손이 시려서 너의 호주머니에 손을 넣었다
눈이 펄펄 날리고 있어서
나의 한 손을 거기 넣었다
그 캄캄한 곳에 너의 손이 있어서
나의 한 손을 거기 넣었다
그날 우리는 걸어서 어디로 갔나

두근거리는 손 때문에 우리는 걷고 또 걸었다
흰 눈이 내리는데 햇빛이 환한데
낯선 곳에서 길을 잃었는데
심장이 된 손에 이끌려
우리는 쉬지 않고 걸어서 어디로 갔나

『구두를 신고 잠이 들었다』(창비시선 303), 2009.

012

「돌이킬 수 없는」부분 | 이장욱

내가 뒤돌아보자 당신이 나의 이름을 불렀네.
나는 미소를 짓고 나서
열심히 우스운 이야기를 떠올렸지.
놀라운 속도로 충돌한 두대의 자동차가
서로 다른 곳에서 시동을 걸었어.
부릉부릉, 당신을 좋아한 뒤에
나는 당신을 처음 보았어요.

『생년월일』(창비시선 334), 2011.

013

입술은 온몸의 피가 몰린 절벽일 뿐

백만겹 주름진 절벽일 뿐

그러나 나의 입술은 지느러미

네게 가는 말들로 백만겹 주름진 지느러미

네게 닿고 싶다고

네게만 닿고 싶다고 이야기하지

『오르간, 파이프, 선인장』(창비시선 358), 2013.

014

당신을 잊으려 노력한

지난 몇개월 동안

아픔은 컸으나

참된 아픔으로

세상이 더 넓어져

세상만사가 다 보이고

사람들의 몸짓 하나하나가 다 이뻐 보이고

소중하게 다가오며

내가 많이도

세상을 살아낸

어른이 된 것 같습니다.

『맑은 날』(창비시선 56), 1986.

015

봄도 봄이지만
영산홍은 말고
진달래 꽃빛까지만

진달래꽃 진 자리
어린잎 돋듯
거기까지만

아쉽기는 해도
더 짙어지기 전에
사랑도

거기까지만
섭섭기는 해도 나의 봄은
거기까지만

『흰 밤에 꿈꾸다』(창비시선 431), 2019.

016

「사랑의 뒷면」^{부분} | 정현우

참외를 먹다 벌레 먹은

안쪽을 물었습니다.

이런 슬픔은 배우고 싶지 않습니다.

뒤돌아선 그 사람을 불러 세워

함께 뱉어내자고 말했는데

아직 남겨진 참외를 바라보다가

참회라는 말을 꿀꺽 삼키다가

내게 뒷모습을 보여주는 것

먼 사람의 뒷모습은

눈을 자꾸만 감게 하는지

나를 완벽히 도려내는지

사랑에도 뒷면이 있다면

뒷문을 열고 들어가 묻고 싶었습니다.

『나는 천사에게 말을 배웠지』(창비시선 452), 2021.

017

「이 꿈에도 달의 뒷면 같은
 내가 모르는 이야기 있을까」 부분 | 최지은

내가 사랑했던 사람. 내 사랑. 반가운 마음에 다가갔을 때 온갖 이유로 떠나간 그와의 이별이 떠올랐습니다. 미움도 괴로움도 두려움도 없이 나는 그 시간을 다 지켜보고. 되돌려진 시간 속에 긴 오해를 풀어가고 슬픔과 화해하며. 넓어지는 꿈속에서. 나는 용기를 내 다시 사랑을 붙잡아봅니다. 사랑의 손을 잡고 걷습니다. 어쩐지 우리 둘 맨발로 가볍게 거닙니다. 상처 입은 여름풀. 짙은 향기를 풍겨옵니다. 음악이 흐릅니다. 내가 좋아하는 여린 피아노 음악. 우리 둘 이제 거의 음악 속에 들어온 것 같습니다. 두 발이 떠오르고 하늘을 나는 것 같습니다. 구름 사이를 지나며 어릴 적 내가 잃어버린 흰 개를 본 것도 같았습니다. 아무것도 바랄 것 없고 두려움 없는 마음. 나의 돌멩이, 나의 슬픔, 나를, 이기는 사랑을 내 손에 쥐고. 나는 음악처럼 더 가벼워집니다.

『봄밤이 끝나가요, 때마침 시는 너무 짧고요』(창비시선 458), 2021.

018

「사랑의 모양」부분 ｜ 정다연

수도꼭지를 돌리듯 네가 따뜻해진다면 좋겠다.

회오리치는 빗물 배수관의 소용돌이, 합쳐지는 꽃잎과 이끼들,
구덩이를 가득 채우고 솟아오르는 빛의 입자들이
　너는 아니지만

흠뻑 젖게 된다.

기댄다.

네가 아닐 리 없지.
그렇지 않다면 이렇게 숨 막힐 듯 가득 찰 리가.

『서로에게 기대서 끝까지』(창비시선 464), 2021.

019

키스를 하다가도 우리는 생각에 빠졌다 그만할까 새벽이면 윗집에서 세탁기 소리가 났다 온종일 일하니까 빨래할 시간도 없었을 거야 출근할 때 양말이 없으면 곤란하잖아 원통이 빠르게 회전하고 물 흐르고 심장이 조용히 뛰었다

암벽을 오르던 사람도 중간에 맥이 풀어지면 잠깐 쉬기도 한대 붙어만 있으면 괜찮아 우리에겐 구멍이 하나쯤 있고 그 구멍 속으로 한계단 한계단 내려가다보면 빛도 가느다란 선처럼 보일 테고 마침내 아무것도 없이 어두워질 거라고

우리는 가만히 누워 손과 발이 따뜻해지길 기다렸다

『일하고 일하고 사랑을 하고』(창비시선 472), 2022.

020

「사랑의 전당」 부분   │ 김승희

사랑한다는 것은

엄청나게 으리으리한 것이다

회색 소굴 지하 셋방 고구마 포대 속 그런 데에 살아도

사랑한다는 것은

얼굴이 썩어 들어가면서도 보랏빛 꽃과 푸른 덩굴을 피워 올리는

고구마 속처럼 으리으리한 것이다

『단무지와 베이컨의 진실한 사람』(창비시선 457), 2021.

3부

휴식이 필요할 때

휴식이 필요할 때는 눈을 감는 게 좋다.

하지만 눈을 감아도 휴식이 오지 않는 때가 있다.

눈을 감아도 떠오르는 미운 사람의 모습, 눈을 감아도 생각나는

해야 할 일, 눈을 감아도 잠들지 못하는 밤. 그럴 때는 차라리

눈을 뜨고 다른 사람의 생각으로 파고드는 게 나을 수도 있다.

내가 모르는 마음들을 쉼없이 찾다보면, 어느새 쉼표 같은 마음이

생겨나 있기도 한다.

021

「이것이 나의 최선, 그것이 나의 최악」^{부분} | 황인찬

지난여름에는 해변에 흩어져 있는 발자국들을 보며 지난밤의 즐거웠던 춤과 사랑의 기억 따위를 떠올렸습니다만 지금은 좁은 침대에 누워 어깨를 움츠린 채

잠들어 있는 옆 사람을 살짝 밀어볼 뿐입니다

밀리지는 않는군요 이대로 잠들 수는 없겠군요

그러거나
말거나

새소리가 들려옵니다
아침이군요
창밖에서는 또 희미한 빛이 들어오고 있습니다

『사랑을 위한 되풀이』(창비시선 437), 2019.

「벽제화원」 부분 | 박소란

죽어가는 꽃 곁에
살아요

긴긴낮
그늘 속에 못 박혀

어떤 혼자를 연습하듯이

「한 사람의 닫힌 문」(창비시선 429), 2019.

023

「불참」전문 | 김경미

너무 허름한 기분일 때 사람들은 무엇을 하는가

미안하다 오후 여섯시여, 오늘 나는 참석지 못한다

『고통을 달래는 순서』(창비시선 296), 2008.

024

「나머지 날」 부분 | 도종환

고립에서 조금 더 깊은 곳으로 들어가
이층집을 짓고 살았으면 좋겠네
봄이면 조팝꽃 제비꽃 자목련이 피고
겨울에는 뒷산에 눈이 내리는 곳이면 어디든 좋겠네
고니가 떠다니는 호수는 바라지 않지만
여울에 지붕 그림자가 비치는 곳이면 좋겠네
아침기도가 끝나면 먹을 갈아 그림을 그리고
못다 읽은 책을 읽으면 좋겠네

『사월 바다』(창비시선 403), 2016.

025

날이 맑고 하늘이 높아 빨래를 해 널었다
바쁠 일이 없어 찔레꽃 냄새를 맡으며 걸었다
텃밭 상추를 뜯어 노모가 싸준 된장에 싸 먹었다
구절초밭 풀을 매다가 오동나무 아래 들어 쉬었다
종연이양반이 염소에게 먹일 풀을 베어가고 있었다
사람은 뒷모습이 아름다워야 한다고 생각했다

『웃는 연습』(창비시선 413), 2017.

026

「이 꿈에도 달의 뒷면 같은
내가 모르는 이야기 있을까」 부분 | 최지은

눈을 감아봅니다. 어수선한 몽상의 이미지를 하나하나 거두어봅니다. 하얗게 지워지는 머릿속. 순하고 느린 숨. 흰빛. 끝으로 나의 두 눈동자를 지워봅니다. 한없이 아름답고 가벼운 여름밤 내 가슴 위를 지나갑니다.

『봄밤이 끝나가요, 때마침 시는 너무 짧고요』(창비시선 458), 2021.

027

도토리로는 국수를 만들 수도 있고
묵사발을 만들어버릴 거야,
간밤에 한 사람이 엉망으로 만든 거리로

유리가 깨지고 파편이 흩어지고
그 위로 눈이 섞여 내렸어요, 맑은 아침

청소 구역을 정확히 지키는 것이
우리만의 암묵적인 룰,
빌딩 청소부로 고용되어 내내 세상을 훔쳐요

『멀리 가는 느낌이 좋아』(창비시선 490), 2023.

028

모과는 모과라서
모과는 모방하는 이름이라서

끝났으나 끝내지 못한 채
다른 사랑의 후렴을 모방하듯

오늘도 모과나무 아래를 서성이는 마음

『모래는 뭐래』(창비시선 489), 2023.

029

하늘은 날더러 구름이 되라 하고

땅은 날더러 바람이 되라 하네

청룡 흑룡 흩어져 비 개인 나루

잡초나 일깨우는 잔바람이 되라네

뱃길이라 서울 사흘 목계나루에

아흐레 나흘 찾아 박가분 파는

가을볕도 서러운 방물장수 되라네

산은 날더러 들꽃이 되라 하고

강은 날더러 잔돌이 되라 하네

산서리 맵차거든 풀 속에 얼굴 묻고

물여울 모질거든 바위 뒤에 붙으려

민물새우 끓어넘는 토방 툇마루

석삼년에 한 이레쯤 천치로 변해

짐 부리고 앉아 쉬는 떠돌이가 되라네

하늘은 날더러 바람이 되라 하고

산은 날더러 잔돌이 되라 하네

『새재』(창비시선 18), 1979.

030

마음속에 있는 샘의 돌

그 돌 속 하얀 점이

커졌다 작아졌다 하는 동안

나는 늪가에서 초승달이 되었다가 보름달이 되었다가

그믐달로 바뀌어간다

『줄무늬를 슬퍼하는 기린처럼』(창비시선 445), 2020.

4부

자연에서 얻는 위안과 교감

자연을 글로 쓰기란 의외로 어렵다.

문자가 생긴 이후로 너무 많은 사람들이 써왔기 때문이다.

그래서 자연을 글로 쓰려는 시도 자체를 식상하다고 여기기도

한다. 그러나 자연을 글로 쓰려는 것은 늘 곁에 있는 것을 다시

한번 돌아보려는 마음, 소중한 것을 소중하게 여기려는 시도와

같다. 그래서 사람들은 이 식상한 시도를 끊임없이 하고 또 한다.

당신은 늘 함께 있어서 소중한 것을 어떻게 표현할 수 있을까.

031

「새들의 페루」^{부분}   │신용목

일생을 사지 잘린 뿔처럼

나아가는 데 바쳐도 좋아라,

그러니 죽음이여

운명을 방생하라

하늘에 등을 대고 잠드는 짐승, 고독은 하늘이 무덤이다, 느닷없

는 검은 봉지가 공중에 묘혈을 파듯

그곳에 가기 위하여

새는 지붕을 이지 않는다

『바람의 백만번째 어금니』(창비시선 278), 2007.

032

「나뭇가지를 얻어 쓰려거든」전문 | 이정록

먼저 미안하단 말 건네고

햇살 좋은 남쪽 가지를 얻어오너라

원추리꽃이 피기 전에 몸 추스를 수 있도록

마침 이별주를 마친 밑가지라면 좋으련만

진물 위에 흙 한줌 문지르고 이끼옷도 입혀주고

도려낸 나무그늘, 네 그림자로 둥글게 기워보아라

남은 나무 밑동이 몽둥이가 되지 않도록

끌고 온 나뭇가지가 채찍이 되지 않도록

「정말」(창비시선 313), 2010.

033

버드나무 아래서 기다래지는 생각
버드나무는 기다리는 사람이
타는 그네

참새 무덤을 만든 사내가
죽음으로부터 멀어지고
새가 되려다 실패한 고양이의 눈 속엔
비밀이 싹튼다

『베누스 푸디카』(창비시선 410), 2017.

034

「그네」전문 | 이시영

아파트의 낡은 계단과 계단 사이에 쳐진 거미줄 하나
외진 곳에서도 이어지는 누군가의 필생

『하동』(창비시선 414), 2017.

035

강가에서는 물고기가 강물을 떠난다

물속에 살면서도 목이 말라 뭍으로 떠난다

때로는 강물이 물고기를 떠난다

빈집이 되기 위하여

새도 나뭇가지를 떠난다

『슬픔이 택배로 왔다』(창비시선 482), 2022.

036

「동백이 쿵,」부분 　　　　　　　　　　　　　　　　　　　　　정우영

　환멸을 견디느라 물든 심장들 어루만진다. 붉게 젖은 슬픔이 손바닥 타고 올라 퍼진다. 떨리는 입 들어 하늘에 고하려다 접는다. 찬찬히 둘러보니 다들 묵언참선 중. 꼿꼿이 말라가며 심은 발원들 환히 맺히소서. 한걸음 물러나 읍하고 들어오는데 시큰한 향이 방 안까지 따라와 고물거린다.

　본래 없던 향기마저 터뜨려 경각 들추는
　꽃들, 저 꽃들에게 나는 무엇일까.

『순한 먼지들의 책방』(창비시선 498), 2024.

「당신이라는 제국」부분 | 이병률

이 계절 몇 사람이 온몸으로 헤어졌다고 하여 무덤을 차려야 하는 게 아니듯 한 사람이 한 사람을 찔렀다고 천막을 걷어치우고 끝내자는 것은 아닌데

봄날은 간다

만약 당신이 한 사람인 나를 잊는다 하여 불이 꺼질까 아슬아슬해할 것도, 피의 사발을 비우고 다 말라갈 일만도 아니다 별이 몇 떨어지고 떨어진 별은 순식간에 삭고 그러는 것과 무관하지 못하고 봄날은 간다

『바람의 사생활』(창비시선 270), 2006.

038

「밤과 낮」부분   │ 안미옥

북쪽 숲을 지나왔어 태어날 때의 형상은

한쪽이 길어지면 한쪽은 짧아진다 가려움은 한꺼번에 몰려온다

우린 모두 연결되어왔어

그럴 때마다 이상한 기분에 휩싸였어 그런 날이 자주 왔어

『온』(창비시선 408), 2017.

039

아직까지 알려지지 않은 사실이 있었습니다

모든 꽃은 자신이 정말 죽는 줄로 안답니다
꽃씨는 꽃에서 땅으로 떨어져
자신이 다른 꽃을 피운다는 사실을 몰랐답니다

사실 꽃들은 그것을 모르고 죽는답니다
그래서 앎대로 꽃은 사라지고 꽃씨는
또다시 죽는답니다

『오래된 것들을 생각할 때에는』(창비시선 444), 2020.

「호미」 부분 　　　　　　　　　　　　　　　　　　　　　| 안도현

　너른 대지의 허벅지를 물어뜯거나 물길의 방향을 틀어 돌려세우
는 일에 종사하지 못했다
　그것은 호미도 나도 가끔 외로웠다는 뜻도 된다
　다만 한철 상추밭이 푸르렀다는 것, 부추꽃이 오종종했다는 것은
오래 기억해둘 일이다

『능소화가 피면서 악기를 창가에 걸어둘 수 있게 되었다』
(창비시선 449), 2020.

5부

위로가 되어주는 말들

가장 큰 위로는 침묵으로 구성되어 있다고 믿는다. 포옹, 눈물,

격려의 눈빛 같은 것들은 그야말로 언어로 표현할 수 없으니까.

그럼에도 우리에겐 위로의 언어가 필요하다.

어쩌면 요즘 가장 필요한 것은 위로하는 말들일지도 모른다.

너도나도 힘들다고 모두가 참고 살 수는 없으니까.

너도나도 힘드니까 우리는 서로서로 위로하며 지내야 하니까.

041

잘 자라 우리 엄마
할미꽃처럼
당신이 잠재우던 아들 품에 안겨
장독 위에 내리던
함박눈처럼

잘 자라 우리 엄마
산 그림자처럼
산 그림자 속에 잠든
산새들처럼
이 아들이 엄마 뒤를 따라갈 때까지

잘 자라 우리 엄마
아기처럼
엄마 품에 안겨 자던 예쁜 아기의
저절로 벗겨진
꽃신발처럼

『이 짧은 시간 동안』(창비시선 235), 1996.

042

「새들의 페루」 부분　　　　　　　　　　　　　신용목

새의 둥지에는 지붕이 없다
죽지에 부리를 묻고
폭우를 받아내는 고독, 젖었다 마르는 깃털의 고요가 날개를 키
웠으리라 그리고

순간은 운명을 업고 온다
도심 복판,
느닷없이 솟구쳐 오르는 검은 봉지를
꽉 물고 놓지 않는
바람의 위턱과 아래턱,
풍치의 자국으로 박힌

공중의 검은 과녁, 중심은 어디에나 열려 있다

「바람의 백만번째 어금니」(창비시선 278), 2007.

043

「심장을 켜는 사람」 부분 | 나희덕

심장이 펄떡일 때마다 달아나는 음들,

웅크린 조약돌들의 깨어남,

몸을 휘돌아나가는 피와 강물,

걸음을 멈추는 구두들,

짤랑거리며 떨어지는 동전들,

사람들 사이로 천천히 지나가는 자전거 바퀴,

멀리서 들려오는 북소리와 기적 소리,

다리 위에서 노래를 부르는 동안

얼굴은 점점 희미해지고

허공에는 어스름이 검은 소금처럼 녹아내리고

이제 심장들을 담아 돌아가야겠어요

오늘의 심장이 다 마르기 전에

『파일명 서정시』(창비시선 426), 2018.

「슈톨렌」 부분   │ 안희연

보고 싶었다고 말하려다가
있는 힘껏 돌을 던지고 돌아오는 마음이 있다

아니야 나는 기다림을 사랑해
이름 모를 풀들이 무성하게 자라는 마당을 사랑해
밥 달라고 찾아와 서성이는 하얀 고양이들을
혼자이기엔 너무 큰 집에서
병든 개와 함께 살아가는 삶을

펑펑 울고 난 뒤엔 빵을 잘라 먹으면 되는 것
슬픔의 양에 비하면 빵은 아직 충분하다는 것

『여름 언덕에서 배운 것』(창비시선 446), 2020.

045

갑자기 찾아온
이 고통도 오래 매만져야겠다
주머니에 넣고 손에 익을 때까지

각진 모서리 닳아 없어질 때까지
그리하여 마음 안에 한 자리 차지할 때까지
이 괴로움 오래 다듬어야겠다

그렇지 아니한가
우리를 힘들게 한 것들이
우리의 힘을 빠지게 한 것들이
어느덧 우리의 힘이 되지 않았는가

『혼자의 넓이』(창비시선 459), 2021.

046

우리는 우리는 우리는
세상의 중심에 서서
구멍 난 내일을
헌신짝 같은 어제를
조용히 끌어안았습니다

『뜨거운 입김으로 구성된 미래』(창비시선 463), 2021.

047

「바다 비누」^{부분}　　　　　　　　　　　　　　　| 강지이

이왕 영화 같은 기억이라면,
좀더 이 앞의 장면들을 생각해보자

우리를 괴롭힌 인간보다
우리는 반드시 오래 살 거야

그러니 우리
일어나지 않은 일에 더이상
얽매여 슬퍼하지
않도록 하자

『수평으로 함께 잠겨보려고』(창비시선 462), 2021.

048

천사는 언제나 맨발이라서
젖은 땅에는 함부로 발을 딛지 않는다
추운 겨울에는 특히 더

그렇게 믿었던 나는 찬 돌계단에 앉아
지나가는 사람들을 구경하며
언 땅 위를 혼자 힘으로 살아가는 방법에 골몰했다

『햇볕 쬐기』(창비시선 470), 2022.

049

회사 생활이 힘들다고 우는 너에게 그만두라는 말은 하지 못하고 이젠 어떻게 살아야 하나 고민했다 까무룩 잠이 들었는데 우리에게 의지가 없다는 게 계속 일할 의지 계속 살아갈 의지가 없다는 게 슬펐다 그럴 때마다 서로의 등을 쓰다듬으며 먹고살 궁리 같은 건 흘려보냈다

『일하고 일하고 사랑을 하고』(창비시선 472), 2022.

050

「엽서 : 소녀에게」 부분 　　　　　　　　　　　　　　　 │ 장이지

밤의 새들은 빈 들판의 돌이 되어 잠들고
아침이 되면 참새가 되어 몰려다닙니다

저는 당신을 기다릴 겁니다
할머니가 된 당신이어도 좋아요
이 존재의 축제 속에서

『편지의 시대』(창비시선 495), 2023.

6부

하루를 마무리하기

하루의 끝에는 무엇이 있을까.

우선, 잠이 있다. 잠에는 무엇이 있을까. 꿈이 있다.

그렇다면 우리는 매일매일 꿈을 향해 달려가고 있다고 해도 될까.

이게 무슨 논리냐고? 당연히 아무 논리도 없다.

하지만 이러한 무논리가 우리의 하루를, 우리의 잠시를 웃음

짓게도 한다. 하루를 너무 논리적으로 끝내지 말자.

이렇게, 따라 써보기도 하고 따라 읽어보기도 하면서.

051

어두운 밤입니다

　형광등은 저녁 동안의 빛을 아직 다 소진하지 못하고 희미한 빛
을 뿜습니다 하지만 금세 꺼져버리는군요

　밖에서는 청년들이 떠드는 소리, 지금이 몇시냐고 외치는 소리,
이윽고 모든 것이 조용해집니다

　직전에 멈춰야 해요
　요새는 그런 생각에 사로잡혀 있습니다

　날이 추워져서 얇은 이불로는 따뜻하지 않습니다 시린 발을 비비
다 옆 사람의 따뜻한 발과 닿으면 "자?" 저도 모르게 묻게 되고, 그
러면 "응" 대답이 돌아오는군요

『사랑을 위한 되풀이』(창비시선 437), 2019.

052

「당신이라는 제국」부분 | 이병률

당신이, 달빛의 여운이 걷히는 사이 흥이 나고 흥이 나 노래를 부르게 되고, 그러다 춤을 추고, 또 결국엔 울게 된다는 술을 마시게 되더라도, 간곡하게

봄날은 간다

이웃집 물 트는 소리가 누가 가는 소리만 같다 종일 그 슬픔으로 흙은 곱고 중력은 햇빛을 받겠지만 남쪽으로 서른세 걸음 봄날은 간다

『바람의 사생활』(창비시선 270), 2006.

053

「목소리가 사라진 노래를 부르고 싶었지」 부분 | 신용목

목소리처럼 사라지고 싶었지 공중에도 골짜기가 있어서, 눈이 내리고 아무도 모르는 곳으로 가서 하얗게 사라지고 싶었지

눈은 쌓여서

한 나흘쯤,

그리고 흘러간다 목소리처럼, 그곳에도 공터가 있어서 털모자를 쓰고 꼭 한사람이 지날 만큼 비질을 하겠지 하얗게 목소리가 쌓이면, 마주 오면 겨우 비켜서며 웃어 보일 수 있을 만큼 쓸고

서로 목소리를 뭉쳐 던지며 차가워, 아파도 좋겠다 목소리를 굴려 사람을 만들면,

그는 따뜻할까 차가울까

『누군가가 누군가를 부르면 내가 돌아보았다』(창비시선 411), 2017.

054

심장의 노래를 들어보실래요?
이 가방에는 두근거리는 심장들이 들어 있어요

건기의 심장과 우기의 심장
아침의 심장과 저녁의 심장

두근거리는 것들은 다 노래가 되지요

『파일명 서정시』(창비시선 426), 2018.

055

너의 입가엔 언제나 설탕이 묻어 있다

아닌 척 시치미를 떼도 내게는 눈물 자국이 보인다

물크러진 시간은 잼으로 만들면 된다

약한 불에서 오래오래 기억을 졸이면 얼마든 달콤해질 수 있다

『여름 언덕에서 배운 것』(창비시선 446), 2020.

056

「내가 새라면」부분 ｜ 김현

어둠 속에서 진흙이 다 말라

떨어질 때

포르릉 사랑하는 이의 정신 속에 있는

진리의 나라로 날아가

갈대숲에 남기고 온 발자국을 노래할 수 있겠지

흙으로 만든 지혜의 징검다리와

그 사이로 몇번씩 개입되는 슬픔과

무리 지어 서쪽 하늘로 사라지는 고독을

『호시절』(창비시선 447), 2020.

057

「사랑의 모양」^{부분}   │정다연

빛이 지나치다.

지나치게 네가 온다.
나는 구멍을 하나 가지고 있다.
언제든 널 숨겼다가 꺼낼 수 있는,

창에 기댄다. 체리처럼 번져오는 노을, 노을을 따라 전속력으로
달려오는 사람, 색색의 플라스틱 빨대들. 그런 건 내가 훔치고 싶은
것이 아니다.

「서로에게 기대서 끝까지」(창비시선 464), 2021.

058

「낮게 부는 바람」부분 　　　　　　　　　　　　　　 │ 유혜빈

저 먼 곳에서
너는 잠깐 잊어버리고
자기의 일을 열심히 하고 있는 사람이 하나 있는데

그 한 사람이 너를 잠들게 하는 것이라는 걸
멀리서 너의 이마를 아주 오래 쓰다듬고 있다는 걸

아무래도 너는 모르는 게 좋겠지

『밤새도록 이마를 쓰다듬는 꿈속에서』(창비시선 480), 2022.

059

「엽서 : 소녀에게」^{부분} | 장이지

지난해 당신이 주고 간 도토리들은
상수리나무가 되는 대신 노래가 되었습니다
손바닥에 쥐고 있으면
바람이 달려와 먼 곳의 이야기를 전해줍니다

『편지의 시대』(창비시선 495), 2023.

060

「두부」부분 　　　　　　　　　　　　　　　　　| 고영민

저녁은 어디에서 오나
두부가 엉기듯

갓 만든 저녁은
살이 부드럽고 아직 따뜻하고

종일 불려놓은 시간을
맷돌에 곱게 갈아
끓여 베 보자기에 걸러 짠
살며시 누름돌을 올려놓은

이 초저녁은
순두부처럼 후룩후룩 웃물과 함께
숟가락으로 떠먹어도
좋을 듯한데

『봄의 정치』(창비시선 435), 2019.

7부

희망의 문장 써보기

당신의 희망은 무엇입니까.

가끔 '희망'의 대명사가 '복권'이 된 것 같아서 씁쓸할 때가

있다. 희망을 사전에서 찾아보니 '어떤 일을 이루거나 하기를

바람'이라는 뜻이라 한다. '앞으로 잘될 수 있는 가능성'이라는

뜻도 있다. 우리가 이루기를 바라는 것. 우리의 가능성이

복권밖에 없지는 않을 텐데, 어쩌다가 우리의 희망은 이렇게

좁아져버렸을까. 여기 쓰인 문장들을 따라 쓰며 희망하는 것을

한가지쯤 더 만들어보면 좋겠다.

061

「염소 계단」 ^{부분} | 유병록

그사이
돌계단은 천천히 식어가고

곧
어떤 결심이 근육을 팽팽하게 한다

돌계단이 구부리고 있던 무릎을 펴고 일어서면
나는 그 엉덩이를 때리며 말한다

가자고
까마득한 계단 저 높은 곳으로 아니면 저 낮은 곳으로
나를 태우고 가라고

결심을 경멸하면서
돌계단의 목덜미를 붙잡은 두 손은 놓지도 못하면서

『아무 다짐도 하지 않기로 해요』(창비시선 450), 2020.

062

「밤과 낮」부분 | 안미옥

토마토가 끓고 있는 냄새로 뒤덮였어 뜨거워
그렇게 못 견디겠다는 생각이 들 때

떨어지기 직전의 열매를 만난다
뿌리와 잎이 가장 멀어졌을 때, 어제와 내일이 가장 멀어졌을 때

툭

신기해
오늘이 오는 시간

『온』(창비시선 408), 2017.

063

꿈틀거리다

꿈이 있으면 꿈틀거린다

꿈틀거린다,라는 말 안에

토마토 어금니를 꽉 깨물고

꿈이라는 말이 의젓하게 먼저 와 있지 않은가

소금 맞은 지렁이같이 꿈틀꿈틀

매미도 껍질을 찢고 꿈틀꿈틀 생살로 나오는데

어느 아픈 날 밤중에

가슴에서 심장이 꿈틀꿈틀할 때도

괜찮아

꿈이 있으니까 꿈틀꿈틀하는 거야

꿈꾸는 것은 아픈 것

토마토 어금니를 꽉 깨물고

꿈틀꿈틀

바닥을 네발로 기어가는 인간의 마지막 마음

『단무지와 베이컨의 진실한 사람』(창비시선 457), 2021.

064

이 슬픔은 오래 만졌다
지갑처럼 가슴에 지니고 다녀
따뜻하기까지 하다
제자리에 다 들어가 있다

이 불행 또한 오래되었다
반지처럼 손가락에 끼고 있어
어떤 때에는 표정이 있는 듯하다
반짝일 때도 있다

『혼자의 넓이』(창비시선 459), 2021.

065

「목련」전문 |이대흠

　사무쳐 잊히지 않는 이름이 있다면 목련이라 해야겠다 애써 지우려 하면 오히려 음각으로 새겨지는 그 이름을 연꽃으로 모시지 않으면 어떻게 견딜 수 있으랴 한때 내 그리움은 겨울 목련처럼 앙상하였으나 치통처럼 저리 다시 꽃 돋는 것이니

　그 이름이 하 맑아 그대로 둘 수가 없으면 그 사람은 그냥 푸른 하늘로 놓아두고 맺히는 내 마음만 꽃받침이 되어야지 목련꽃 송이마다 마음을 달아두고 하늘빛 같은 그 사람을 꽃자리에 앉혀야지 그리움이 아니었다면 어찌 꽃이 폈겠냐고 그리 오래 허공으로 계시면 내가 어찌 꽃으로 울지 않겠냐고 흔들려도 봐야지

　또 바람에 쓸쓸히 질 것이라고
　이건 다만 사랑의 습관이라고

『당신은 북천에서 온 사람』(창비시선 425), 2018.

066

「고요한 싸움」 부분   │ 박연준

버티어야 할 것은

버틸 수 없는 것들의 등에 기대어

살기도 한다

『베누스 푸디카』(창비시선 410), 2017.

067

짐을 조금 내려놓고 살았으면 좋겠네

밤에는 등불 옆에서 시를 쓰고

그대가 그 등불 옆에 있으면 좋겠네

하현달이 그믐달이 되어도 어디로 갔는지 묻지 않듯

내가 어디로 가게 될지 묻지 않으며

내 인생의 가을과 겨울이 나를 천천히 지나가는 동안

벽난로의 연기가 굴뚝으로 사라지는 밤하늘과

나뭇가지 사이에 뜬 별을 오래 바라보겠네

『사월 바다』(창비시선 403), 2016.

068

「오래 한 생각」전문 　　　　　　　　　　　　　　 │김용택

어느 날이었다.
산 아래
물가에 앉아 생각하였다.
많은 일들이 있었고
또 있겠지만,
산같이 온순하고
물같이 선하고
바람같이 쉬운 시를 쓰고 싶다고,
사랑의 아픔들을 겪으며
여기까지 왔는데 바람의 괴로움을
내 어찌 모르겠는가.

나는 이런
생각을 오래 하였다.

『울고 들어온 너에게』(창비시선 401), 2016.

| 「별들의 속삼임」부분 | 황유원 |

별들의 속삭임을 듣는 자는 시베리아 아닌 그 어디서라도
하늘의 입김이 얼어붙는 소리를 듣는다
추운 날 밖에서 누군가와 나눠 낀 이어폰에서도 별들이 얼어
사탕처럼 깨지며 흩날리는
가루 소리를 듣고

머리가 당장 깨져버릴 것처럼 맑을 때
머리가 벌써 깨져버린 것처럼 맑을 때
그런 맑고 추운 밤이면 사방 어디서라도
별들이 속삭이는 소리 들려온다
무심한 아름다움이다

「하얀 사슴 연못」(창비시선 493), 2023.

070

「가끔은 기쁨」 부분 | 김사이

바람 한점 없이 햇볕 쨍쨍한 날
지상의 햇살 모두 끌어모아
집 안을 홀라당 뒤집어 환기시킬 때면
기름기 쫘악 빠진 삶이
가끔은 부드러워지고 말랑말랑해져
고슬고슬해진 세간들에 고마워서
그마저도 고마워서 순간의 기쁨으로 삼고
또 열심히 살아가는

『나는 아무것도 안하고 있다고 한다』(창비시선 427), 2018.

8부

상상력을 펼쳐보는 마법들

상상력을 자극하는 문장은 좋은 문장이다.

상상력으로 쓴 문장과 상상력을 자극하는 문장은 다르다.

상상력으로 쓴 문장은, 대개 글쓴이 본인에게만 좋은 경우가 더

많다. 하지만 내가 쓴 문장이 다른 누군가의 상상의 나래를 펼치게

만든다면, 그것은 반드시 좋은 문장이다. 우리는 짧은 문장 안에

어떤 세계를 담아낼 수 있을까. 또한, 그 문장은 어떤 또다른

세계를 펼쳐 낼까.

071

「귀뚜라미」전문 | 나희덕

높은 가지를 흔드는 매미소리에 묻혀
내 울음 아직은 노래 아니다.

차가운 바닥 위에 토하는 울음,
풀잎 없고 이슬 한 방울 내리지 않는
지하도 콘크리트벽 좁은 틈에서
숨 막힐 듯, 그러나 나 여기 살아 있다
귀뚜르르 뚜르르 보내는 타전소리가
누구의 마음 하나 울릴 수 있을까.

지금은 매미떼가 하늘을 찌르는 시절
그 소리 걷히고 맑은 가을이
어린 풀숲 위에 내려와 뒤척이기도 하고
계단을 타고 이 땅밑까지 내려오는 날
발길에 눌려 우는 내 울음도
누군가의 가슴에 실려가는 노래일 수 있을까.

『그 말이 잎을 물들였다』(창비시선 125), 1994.

그것을 생각하는 것은 무익했다
그래서 너는 생각했다 무엇에도 무익하다는 말이
과일 속에 박힌 뼈처럼, 혹은 흰 별처럼
빛났기 때문에

그것은 달콤한 회오리를 몰고 온 복숭아 같구나
그것은 분홍으로 순간을 정지시키는 홍수처럼
단맛의 맹수처럼 이빨처럼
여자뿐 아니라 남자의 가슴에도 달린 것처럼
기묘하고 집요하고 당황스럽고 참 이상하구나
인유가 심한 시 같구나

『훔쳐가는 노래』(창비시선 349), 2012.

073

이 여행은 순전히

나의 발자국을 보려는 것

걷는 길에 따라 달라지는

그 깊이

끌림의 길이

흐릿한 경계선에서 발생하는

어떤 멜로디

나의 걸음이 더 낮아지기 전에

걸어서, 들려오는 소리를

올올이 들어보려는 것

『꽃 밟을 일을 근심하다』(창비시선 417), 2017.

074

「내가 새라면」^{부분}   │ 김현

내가 새라면 날 수 있겠지
단 한번의 날갯짓으로
검은 비 떨어지는 창공으로 날아올라
추락을 살 수 있겠지

겨울 갈대숲
발자국 위에서 볼 수 있겠지
멀리
날아가는 한마리 새

『호시절』(창비시선 447), 2020.

075

「이 꿈에도 달의 뒷면 같은
내가 모르는 이야기 있을까」 부분

| 최지은

검푸른 밤하늘에 눈을 줄 때마다 하나하나 별빛이 밝아집니다. 내 시야는 점점 넓어지고. 꿈의 모서리로부터 끝없는 기찻길이 놓이기 시작합니다. 시야는 점점 넓어지고. 기차 소리 들려오지만 기차는 보이지 않습니다. 더 넓혀갑니다. 이리저리 돌려가며 납작한 꿈을 부풀려봅니다. 부풀어오르는 내 여름밤. 기찻길. 별빛. 흔들리는 양귀비. 넓어지는 시야. 기차가 출발했던 곳까지 내달리는 나의 꿈. 내가 모르던 이야기들이 그곳에도 숨어 있습니다.

『봄밤이 끝나가요, 때마침 시는 너무 짧고요』(창비시선 458), 2021.

076

  비가 올 때 듣고 싶은 가수의 노래처럼, 닿을 수 없는 이야기가
서로를 마주 보는 아름다운 책처럼

  나는 우연히 떠오르다가
  빛을 내면서 사라지는 것들의 목록을 적고

  그건 또다른 행성에서
  나의 마음을 가진 누군가가 보내는 신호 같지.

「너와 바꿔 부를 수 있는 것」(창비시선 496), 2024.

077

옥수수 수프를 먹는 아침

탁자가 필요하고

이왕이면 둥글고 따뜻한 탁자가 필요하고

의자가 필요하고

이왕이면 둥글고 따뜻한 의자가 필요하고

그릇이 필요하고

이왕이면 둥글고 따뜻한 그릇이 필요하고

누군가가 필요하고

이왕이면 둥글고 따뜻한 누군가가 필요하고

『아마도 아프리카』(창비시선 321), 2010.

078

「빛에 대하여」^{부분} | 박철

봄빛은 지극한데

하얀 창가에 국밥집 아이와 애미가 밀담 중이다

아이가 며칠 울더니 오늘은 우는 애미를 달래고 있다

아이가 저리 힘들어하는 것을 보면

사랑도 노동이라는 생각이 든다

그러면 나는 일생을 노동자로 살아온 셈이다

『없는 영원에도 끝은 있으니』(창비시선 420), 2018.

079

장판에 손톱으로
꾹 눌러놓은 자국 같은 게
마음이라면
거기 들어가 눕고 싶었다

요를 덮고
한 사흘만
조용히 앓다가

밥물이 알맞나
손등으로 물금을 재러
일어나서 부엌으로

『싱고,라고 불렀다』(창비시선 378), 2014.

080

「날짜변경선」^{부분} | 이설야

바뀐 주소로 누군가 자꾸만 편지를 보낸다

이 나라에는 벌써 가을이 돌아서버렸다
매일 날짜 하나씩 까먹고도 지구가 돌아간다
돌고 돌아서 내가 나에게 다시 도착한다

『우리는 좀더 어두워지기로 했네』(창비시선 405), 2016.

9부

자신을 돌아보는 시간

좋은 문장은 어디에서 올까.

보통 자신에게서 온다. 노트나 컴퓨터 화면을 뚫어지게

바라본다고 기가 막힌 문장이 갑자기 써지는 일은 좀처럼 없다.

문장이 막힐 때는 펜을 놓고, 자신을 들여다보는 편이 훨씬 낫다.

문장뿐일까. 하는 일도, 인간관계도 마찬가지다. 무언가 막혔을

때는 거기에 골몰하기보다 거기서 한 발자국 떨어져 자기를

바라볼 필요가 있다. 그러면 갑자기 '그분'이 오시듯이 모든 게

일필휘지로 술술 풀리는 일도 있을 테고.

081

「검은 호주머니 속의 산책」 ^{부분}   │ 강성은

우리는 발걸음을 멈춘 적이 없는데
우리는 잡은 두 손을 놓은 적이 없는데
호주머니 속에서
불안은 지느러미를 흔들며 헤엄쳐 다니고
그림자로 존재하는 식물들이 무서운 속도로 자라났다
우리 두 손은 검게 썩어 들어갔다

어째서 너의 손은 이토록 비릿하고 아름다운가
우리는 말하지 않았다
검은 피가 흘러나와 우리 발목을 적실 때에도
우리는 이토록 생생한 봄을 상상했다

언젠가 우리는 각자 다른 계절을 따라 사라졌지만
호주머니 속에는 아직도 폐허의 공터에
날카로운 손톱으로 서로를 깊숙이 찌른 두 손이
펄펄 날리는 흰 눈을 맞고 서 있다

『구두를 신고 잠이 들었다』(창비시선 303), 2009.

082

「묵시」부분 조온윤

말을 아끼기에는
나는 말이 너무 없어서
사랑받는 말을 배우고 싶다고
말한 적이 있습니다

식탁 위에는 햇볕이 한줌 엎질러져 있어
커튼을 쳐서 닦아내려다
두 손을 컵처럼 만들어 햇볕을 담아봅니다

이건 사랑받는 말일까요
하지만 투명한 장갑이라도 낀 것처럼
따스해지기만 할 뿐
아무런 소리도 들리지 않습니다
침묵을 오랫동안 사랑하는 사람들이 있습니다

『햇볕 쬐기』(창비시선 470), 2022.

083

뒷모습은 짐작하지 못한 방향에서 탄생하는 것
어떤 길은 낮잠 같았고 어떤 길은 발톱을 세웠다
앞으로는 기억을 부위별로 저장하는 습관을 들여야겠어
우리는 구석에 놓인 두개의 검은 비닐봉지처럼

차들이 쌩, 하고 지나가고
회전문이 빠르게 돌아가고
접시 위로 접시가 쌓이고
신호등이 녹색으로 바뀌고
길을 건너는 사람들을 보았다
이쪽으로 되돌아오는 사람은 없었다

『너의 슬픔이 끼어들 때』(창비시선 393), 2015.

084

「벽제화원」 부분 | 박소란

아무도 예쁘다 말하지 못해요
최선을 다해
병들 테니까 꽃은

사람을 묻은 사람처럼
사람을 묻고도 미처 울지 못한 사람처럼

쉼 없이 공중을 휘도는 나비 한마리
그 주린 입에
상한 씨앗 같은 모이나 던져주어요

죽은 자를 위하여

나는 살아요 나를 죽이고
또 시간을 죽여요

『한 사람의 닫힌 문』(창비시선 429), 2019.

085

「소를 끌고」 부분 | 백무산

나는 아직도 희미한 그 집에 가고 있다
흙과 짐승과 나무가 주인인 집에
이랴이랴 소 한마리 끌고 돌아가는 중이다

갈수록 멀어지는 그 사람들 그 집에
내가 살던 집도 아닌 그 집에
이상한 일이다
수십년 동안 나는 돌아가는 중이다

『이렇게 한심한 시절의 아침에』(창비시선 442), 2020.

086

「매일 무너지려는 세상」^{부분} 김중일

세상은 매일 매 순간 무너지려 한다.
한순간도 천지사방은 시간을 견디지 못한다.
한순간에 무너지고 우주가 쏟아질 수 있다.

세상 모든 새들은
잿빛 댐처럼 우주를 가둔 하늘을 틀어막고 있다.
하늘이 터져 지상이 우주로 뒤덮이지 않도록,
새들은 일생 쉼 없이 우주가 흘러나오려 하는
제 몸피만큼 작은 바람구멍들을 계절마다
매일매일 시시각각 날아다니며 틀어막고 있다.

『가슴에서 사슴까지』(창비시선 424), 2018.

087

「아름답게 시작되는 시」 ^{부분}   │ 진은영

어떤 이야기가,

어떤 인생이,

어떤 시작이

아름답게 시작된다는 것은 무엇일까

쓰러진 흰 나무들 사이를 거닐며 생각해보기 시작하는 것이다

『훔쳐가는 노래』(창비시선 349), 2012.

088

「캔들」부분 | 안미옥

궁금해
사람들이 자신의 끔찍함을
어떻게 견디는지

자기만 알고 있는 죄의 목록을
어떻게 지우는지

하루의 절반을 자고 일어나도
사라지지 않는다

흰색에 흰색을 덧칠
누가 더 두꺼운 흰색을 갖게 될까

아무렇지도 않은 얼굴은
어떻게 울까

『온』(창비시선 408), 2017.

089

「목소리가 사라진 노래를 부르고 싶었지」 부분　　　　│ 신용목

눈사람처럼

제발 울지는 말자, 네 눈물이 시간을 흘러가게 만든다 두

갈래로 만든다

뺨으로 만든다

네 말이 차가워서 아팠던 날이 좋았네

『누군가가 누군가를 부르면 내가 돌아보았다』(창비시선 411), 2017.

090

빈집이 되기 위하여 집을 떠난다

집을 떠나야 내가 빈집이 되므로

빈집이 되어야 내가 인간이 되므로

집을 떠나면서 나는 울지 않는다

『슬픔이 택배로 왔다』(창비시선 482), 2022.

10부

_____

일상 속의 작은 발견

_____

일상은 반복된다.

반복은 지루하고, 몸과 마음을 무겁게도 한다. 하지만 일상 속에는

늘 작지만 특별한 순간들이 숨어 있다. 그것들을 발견할 때 삶은

전혀 다른 빛을 발한다. 매일 마시는 한잔의 커피에도, 우연히

들려오는 낯익은 멜로디에도 우리의 마음은 움직인다. 놓치지

않도록, 그 순간들을 다채로운 빛깔로 기록해보자. 일상에 숨은

기적이 우리 삶을 더욱 풍요롭고 따뜻하게 만들어줄 거라 믿으며.

091

코를 골았다고 한다. 내가 코를 골아 시끄러워 잠을 못 잤다고 한다. 그럴 리 없다. 허술해진 푸대자루가 되어 시끄럽게 구는 그자가 바로 나라니, 용서할 수가 없다. 도대체 몸을 여기 놓고 어느 느티나무 그늘을 거닐었단 말인가. 십년을 키우던 고양이 코기토도 코를 골았었다. 그 녀석 죽던 날, 걷지도 못하면서 간신히 간신히 자기 몸을 제집 문 앞까지 끌고 가 이마 반쪽만을 문턱에 들여놓은 채 죽어 있었다. 아직도 녀석은 멀고 먼 자기 집을 향해 가고 있을 것이다. 끌고 가기 너무 고단해 몸을 버리고 가는 자들, 한심하다. 어떤 때는 한밤중에 내 숨소리에 놀라 깨는 적이 있다. 내 정신이 다른 육체와 손잡고 가다가 문득 손 놓아버리는 거기. 너무나 낯설어 여기가 어디냐고 묻고 싶은데 물어볼 사람이 없다.

『개천은 용의 홈타운』(창비시선 383), 2015.

092

「어느 날 스타벅스에서」^{부분} 이상국

그동안 많은 것을 보고 그리워하기도 했지만
그 어느 것 하나 내 것이 아닌
나는 저 산천의 아들, 혹은
강가에 모래 부려놓고 집으로 가는 물처럼
노래하는 사람

나에게는 지금 내가 아는 내가 별로 없다
바퀴처럼 멀리 와 무엇이 되긴 되었는데
나도 거의 모르는 사람이 되었다
어느 날 스타벅스에서 커피를 마시는데
그 사람이 나를 물끄러미 바라본다

『달은 아직 그 달이다』(창비시선 398), 2016.

093

「빈집 한채」부분 | 박경희

내 안의 사랑은
빈집 한채를 끌어안고 산다

수돗가 세숫대야의 물을 받아먹고 살던
향나무 한분이 사랑채 지붕으로 쓰러진 건
그대가 떠나간 뒤부터다

툇마루에 옹이가 빠져나가고
그 안으로 동전과 단추가 사라진 집은
고양이의 울음소리로 조심스러워졌다

『그늘을 걷어내던 사람』(창비시선 436), 2019.

「호미」부분 | 안도현

호미 한자루를 사면서 농업에 대한 지식을 장악했다고 착각한 적이 있었다

안쪽으로 휘어져 바깥쪽으로 뻗지는 못하고 안쪽으로만 날을 세우고

서너평을 나는 농사라고 했는데
호미는 땅에 콕콕 점을 찍으며 살았다고 말했다

불이 호미를 구부렸다는 걸 나는 당최 알지 못했다
나는 호미 자루를 잡고 세상을 깊이 사랑한다고 생각했다

「능소화가 피면서 악기를 창가에 걸어둘 수 있게 되었다」
(창비시선 449), 2020.

095

「가지의 식감」 ^{부분}　　　　　　　　　　　　　　| 신미나

양파가 굴러갑니다
언덕 아래로
감자와 토마토가 굴러갑니다

세상은 이상한 수건돌리기 같아서
자꾸 웃음이 납니다
등 뒤에 수건이 놓인 줄 모르고

식재료는 둥글고
짓물러서 흠이 많습니다
어느 바닥에서도
잘 구를 수 있습니다

『당신은 나의 높이를 가지세요』(창비시선 455), 2021.

096

「염소 계단」^{부분}　　　　　　　　　｜유병록

주저앉는다
말뚝에 매인 염소처럼 도망치지 않는 돌계단은
주저앉기에 좋지

무엇을 잃어버릴 때마다
염소의 등짝 같은 돌계단에 앉아 생각한다

내려가는 중인지 올라가는 중인지

귀를 세워 듣는다
저 높은 곳에서 굴러 내려오는 불안한 숨소리
저 낮은 곳에서 걸어 올라오는 고단한 발소리

『아무 다짐도 하지 않기로 해요』(창비시선 450), 2020.

224　225

097

그런데
새벽에 비가 왔었나요?

눈을 떠보니 곁에는 낯선 사람들이 있고
겨드랑이가 따뜻했던 이유는
그들의 손이 거기 있었기 때문

나는 그들의 부축을 받으며
오랜 동면 끝에 지구로 돌아온
우주비행사처럼 묻는다

『햇볕 쬐기』(창비시선 470), 2022.

098

「리얼리티」^{부분}   │ 전욱진

영화 속 사람들은 끝내
불가능한 일들을 해내고
가장 긴요한 역할을 수행해낸
한 사람의 내레이션이 들리고

그렇게 이 모든 일은 과거가 되어간다
화면 밖으로 영화가 길게 이어진다면
그들은 이를 추억이라 부를지 모른다

『여름의 사실』(창비시선 481), 2022.

099

「모방하는 모과」^{부분} 정끝별

넌 고집 센 고독이구나, 그러니 저만치의 징검돌이겠구나, 기꺼이 모과에게 손 내밀어보다

모과나무가 떨군 모과 하나를 방에 들여놓고 모과 향기에 부풀던 그 가을을 기억하는 내내

긴 기다림에, 바닥을 친 모과가 멍들었다

『모래는 뭐래』(창비시선 489), 2023.

100

위만 나쁘다고

위만 바뀌면 된다고도 말하지 말아주세요

나도 바꿔야 할 게 많아요

그렇게 내가 비로소 나로부터 변할 때

그때가 진짜 혁명이니까요

『꿈꾸는 소리 하고 자빠졌네』(창비시선 475), 2022.

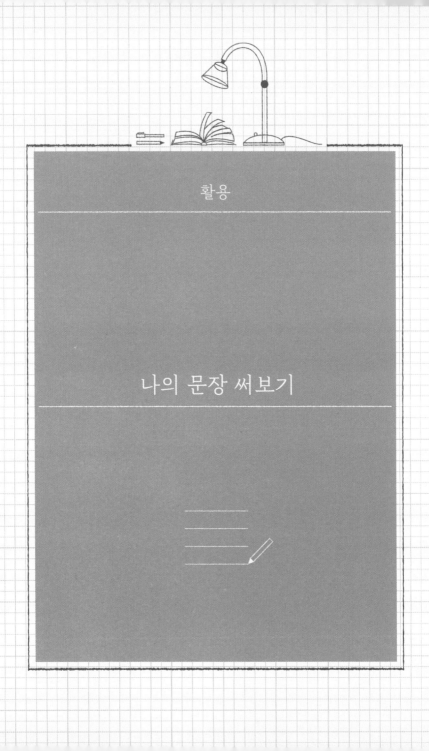

활용

나의 문장 써보기

첫 문장에 이어 나만의 문장을 써보세요.

시를 써도 좋고, 일기를 써도 좋고, 어느 날의 마음을 써도

좋습니다.

이제 여러분은 따라 쓰는 긴 시간을 모두 지나왔습니다.

그날 꿈에는

황인찬, 「"내가 사랑한다고 말하면 다들 미안하다고 하더라"」에서

보고 싶었다고 말하려다가

안희연, 「슈톨렌」에서

쉼 없이 공중을 휘도는 나비 한마리

박소란, 「벽제화원」에서

천사는 언제나 맨발이라서

조온윤, 「중심 잡기」에서

회사 생활이 힘들다고 우는 너에게

최지인, 「기다리는 사람」에서

날이 맑고 하늘이 높아

박성우, 「또 하루」에서

목소리처럼 사라지고 싶었지

신용목, 「목소리가 사라진 노래를 부르고 싶었지」에서

내가 새라면

김현, 「내가 새라면」에서

주저앉는다

유병록, 「염소 계단」에서

겨울에는 뒷산에 눈이 내리는 곳이면

도종환, 「나머지 날」에서

빈집이 되기 위하여

정호승, 「집을 떠나며」에서

차들이 쌩, 하고 지나가고

안희연, 「탁묘」에서

내게 찾아온 것들이 가끔은 믿기지 않을 때가 있지

강우근, 「또다른 행성에서 나의 마음을 가진 누군가가 살고
있다」에서

다리 위에서 노래를 부르는 동안

나희덕, 「심장을 켜는 사람」에서

끝났으나 끝내지 못한 채

정끝별, 「모방하는 모과」에서

북쪽 숲을 지나왔어

안미옥, 「밤과 낮」에서

바뀐 주소로 누군가 자꾸만 편지를 보낸다

이설야, 「날짜변경선」에서

어두운 밤입니다

황인찬, 「이것이 나의 최선, 그것이 나의 최악」에서

꿈이 있으면 꿈틀거린다

김승희, 「꿈틀거리다」에서

사무쳐 잊히지 않는 이름이 있다면

이대흠, 「목련」에서

시로 채우는 내 마음 필사노트
마음을 표현하고 싶지만 한 단어도 쓰기 힘든 당신을 위한 문장들

초판 1쇄 발행 / 2025년 1월 24일

지은이 / 황인찬 외
펴낸이 / 염종선
책임편집 / 이진혁
조판 / 박지현
펴낸곳 / (주)창비
등록 / 1986년 8월 5일 제85호
주소 / 10881 경기도 파주시 회동길 184
전화 / 031-955-3333
팩시밀리 / 영업 031-955-3399 · 편집 031-955-3400
홈페이지 / www.changbi.com
전자우편 / lit@changbi.com

ISBN 978-89-364-8067-7 03800